다랑쉬오름

황금알 시인선 274

다랑쉬오름

초판발행일 | 2023년 9월 9일

지은이 | 오창래
펴낸곳 | 도서출판 황금알
펴낸이 | 金永馥
주간 | 김영탁
편집실장 | 조경숙
표지디자인 | 칼라박스
주소 | 03088 서울시 종로구 이화장2길 29-3, 104호(동숭동)
전화 | 02)2275-9171
팩스 | 02)2275-9172
이메일 | tibet21@hanmail.net
홈페이지 | http://goldegg21.com
출판등록 | 2003년 03월 26일(제300-2003-230호)

*이 책은 제주특별자치도와 제주문화예술재단의 2023년도 제주문화예술
  지원사업 후원을 받아 발간되었습니다.

다랑쉬오름

오창래 시조집

황금알

폭염의 연속인 요즘에도
주말이면 해안도로 걷기 운동 나선다.
그렇게 묵묵히 걸어갈 때
갑자기 내 등 밀치며 앞서가는
저 곡조 하나인 귀뚜라미 함성은
문득 나의 시조집 발간에 대한 부끄런 표현일까.

여기 미흡하나마
한 줄 한 줄을 모아 펼쳐 보일 때
다랑쉬오름 정상 한편에 선
소사나무 한 그루가 내게 손짓하는 것 같다.

2023년 구좌 바닷가에서

차 례

1부 보름달 뜨는 그릇

2부 허공을 자르다

3부 섬에서 섬을 보다

4부 별똥별에게 침 맞다

1부

보름달 뜨는 그릇

한여름 밤의 저건

뉘가 내 널고 간 것인지 별사탕이 가득한 밤
내가 보면 입 다시랴 이쯤에서 뿌렸을까
허공을 가득 메운 채 저렇게 널려있다

밤이면 언제라도 한 알 입에 넣으라며
인심 한번 쓰려는지 반짝임만 더한 날에
조각달 혼자 서운해 저리 토라졌나 보네

저것은 이상한 과자 뉘 안 볼 때 낼름 먹다
남은 건, 이 새벽에 별똥별로 피는 설움
어디로 날아가는지 무엇으로 피는지

다랑쉬오름

오목한 저 그릇은 뉘 볼까 숨긴 걸까
이 오름 정상에는 숨죽인 듯 사발 하나
한편엔 고승사 영감 산불 감시 하고 있다

자녀부축 받아가며 산행하는 팔순 노인
젊은이도 힘겨운 데 꿋꿋하게 오른 정상
저 그릇 달을 품고서 보름밤을 기다리네

바다를 매질하다

저 영감은 웬일인지 화가 잔뜩 났나 보다
오늘은 씨근대며 방파제 찾아가서
지팡이 휘두르더니 바다를 내리치네

몇 번을 내갈겨도 상처 날 듯한 순간에
에스로반* 안 발라도 금방 아물어버리는
어쩌리, 멀쩡한 바다 앞에 고개만 떨구다가

아직도 화 안 풀려 짚었던 몽둥이로
휘이익 이 악물고 바위 한 번 내리치니
어렵쇼, 멀쩡한 바위 그 가슴만 무너진다

* 에스로반: 상처에 바르는 연고.

14

어떤 계약

한여름 밤 방파제로 나앉은 이유 있다
헛기침 한번 하니 저 멀리서 떠 비치는
집어등 너머 수평선 저걸 한번 사볼까

한눈에 들어와서 몇 평 안 되겠지만
저 바당 일구면서 어떤 설계 해보려고
오늘은 계약서 한 장씩 서로 주고받았네

어쩌면 이런 것은 고적한 내 삶의 방식
법원등기 안 하면 무소유에 걸리려나
어깨에 힘을 주면서 콧노래로 귀가한다

지진

형광등도 세탁기도 공포에 떨고 있네
산 넘어 서귀포라 여긴 감지 안 됐지만
내 가슴 떠난 사람도 저렇게 움찔댈까

일출봉에서

누군가 그리운 날엔 일출봉을 찾습니다
맞은편 식산봉을 함께 보며 자라 설까
이따금 내 시 속으로 슬쩍 끌려옵니다

오늘은 이 정상에 그냥 올라섰습니다
무적소리 뒤따라와 비경에 설레이면
그리움 어디에 있는지 눈 비비며 찾습니다

사표를 던지다

나를 우째 지금까지 홀아방이라 했던 걸까
평소 나의 이 공간이 부끄럽지 않은 바다
초저녁 갯강구 몇 마리 고적함을 물고 간다

나의 발자국은 어디로 가는 걸까
바다가 쉬어가나 바람결의 저 팔각정
해풍도 오늘은 지쳐 사표를 던지겠네

개똥벌레에게 길을 묻다

오늘 저녁 저 노을로 차 한 잔 끓여 볼까
종일 그 집 앞을 맴돌다 돌아가는
하늘도 발 아프겠네 이 땅도 맘 쓰리겠네

해안가에 나 앉아서 휘파람 불어가니
어디서 개똥벌레 황급히 달려와서
스스로 꽁지 밝히며 기타 줄을 튕겨 갈 때

먼바다엔 하나둘씩 집어등이 켜져 가고
아직도 목표치를 채우지 못했는지
또 왔다 또 왔다 하며 들썩이는 저 바다

소라게

언제 입주식 했는지 저택에 슬쩍 들어가
거드름 피우면서 툇마루에 걸친 저 발
누군가 트집 잡으면 달려 붙을 기세다

수심에 머물다가 썰물엔 저리 보이는
소라껍데길 제 딴에는 궁전인 듯 하나보다
대문 앞 서성이는 내게 거드름 피는 걸 보면

잠시라도 머물 준비 나도 저리 해보려고
바릇잡이 망태 든 채 헛기침하려는데
어쩌리, 얕보는 건지 문 쾅 닫는 소라게

우산을 돌려받다

가랑가랑 가랑비 철썩철썩 방파제
낚시하러 왔다가 휙 하니 놓쳐버린
내 고향 우도 바다로 속절없이 가는 우산

때마침 저 섬 도항선 파릇한 너울 결에
휘적휘적 우산이 떠밀려와 주었네
어머니 마지막 유품 곱게 받아서 모셔왔네

문어 낚는 날

조그만 문어라도 바다가 묵직합니다
이 세상 귀찮다는 듯 먹물 한 번 내갈길 때
사위四圍가 어두워지며 별 하나로 뜹니다

일행들은 여남은 개 낚싯줄을 내리지만
고작 나는 낚싯줄 세 개 어떤 날은 빈 바구니
오늘은 얼마쯤일까 내 맘 다 설렙니다

1978년 광복절 날 박대통령 기념 축사
가지고 간 라디오로 그 음성 듣는 순간
문어가 또 올라오려나 바다가 수런댑니다

2부

허공을 자르다

윤슬에 뜨다

아무래도 저 바다엔 금광맥이 있나 보다
오늘따라 멈칫대며 눈부시게 반짝이는
심봤다! 내 가슴에도 금빛으로 찬란하다

봄날에

고샅길 한편으로 풍겨오는 것과 같이
수줍은 새색시의 발그레한 표정같이
작약 순 내 집 정원으로 저리 헌혈하고 있다

텃밭에선 홍시나무 피부병을 앓는 건지
이 저곳 돋아나는 청춘의 여드름같아
나 오늘 부러운 듯이 바라보는 이 봄날

흰 구름 하나

홀아방 집 엿보려다 텃밭 담에 걸린 저건
아무리 살펴봐도 무엇인지 모르겠다
어쩌면 홀어멍일까 위로하는 내 마음

5월에

오늘은 큰 전정가위 오랜만에 써볼까
비올 듯 검은 구름 하나둘 몰려드니
얼씨구, 웃음 날리며 나를 조롱하듯 하고

주말을 이용하여 집 둘레 심은 나무
전정 후 성에 안 찬 듯 휘이 바라보다가
이상한 느낌이 내게 펄쩍 달려들다가

그렇게 접톱까지 준비한 사내 하나
사다리 위에 올라선 채 허공을 다 자를 때
달려든 구름 한 조각 겁먹은 듯 추락한다

비 오는 날

어디론가 걸어가던 저편 개가 짖는 오후
사철을 쉼 없이 귀뚜리 울음 적셔놓고
봄비는 내 맘 아는지 그칠 줄을 모른다

코로나가 이 땅까지 거침없이 상륙한 후
마스크로 무장한 채 이젠 혼자 귀가할 때
앞 편엔 모습을 가린 눈웃음 띤 아낙네

미모의 여인인 걸 알 수가 없었다고
이 밤에 빗소리로 내게 전해올 때에
창문은 질투했는지 저리 덜컹이고 있다

강풍에

오늘은 여서도가 내 집으로 피신한 후
마당 앞 텃밭에다 그 몸 다 내려놓은
모서리 소낭 한 그루 한껏 멋을 냅니다

파도같이 밀려드는 강풍 미리 시기하여
며칠 전 오늘을 위해 영양 보충 다 한 듯이
관상용 저 섬 하나를 휘청이게 합니다

왁자지껄 대선토론 그 영향도 있는 걸까
내 집 현관 松 분재와 열띤 토론 벌일 그쯤
어쩌리, 내가 나선 채 그들 진정시킵니다

시력

문예지를 넘겨보던 비 오는 날 저녁이다
다음 페이지 넘기려고 혓줄기를 내밀다가
백육을 108로 착각해 침 바르던 중지 하나

국어사전 펼쳐보면 훤히 뵈던 그 시절도
토란 잎 물방울이듯 저리 빨리 흐른 것을
어쩌리, 이 못난 시력 붙잡지 못한 세월

장맛비 내리면

혼자 저리 흐느끼듯 그렇게 내리는 밤엔
티브이 다 꺼둔 채 명상 한 번 하는 시간
어럽쇼, 파도 밀려와 포말 일으키는 소리

어쩌다 두 눈 감던 그 시간 팽개친 채
두 귀를 세워보니 귀뚜리의 어떤 함성
저이는 누가 그리워 저리 안달하는 겔까

찾는 이가 차라리 나였으면 좋았을걸
누군가 찾아와서 노크 쯤 하는 이가
이 밤엔 있어 주기를 소망하는 마음 하나

왕거미

기인 가뭄 깨트리며 단비 저리 내리던 날
단 하나 걱정인 건 뒤뜰의 왕거미다
어쩌리, 집 다 무너져 하마 어딜 간 것일까

어쩌면 급한 김에 안전한 곳 찾았을까
걱정되어 나 혼자서 이리저리 살피다가
창고를 들여다보니 그 한 편에 터 잡았다

미동치 않는 저 건 어디 불편했나 보다
한참 후 다시 볼 때 조각달 툭 걸리더니
그제야 눈 비비면서 휘감는 저 왕거미

그리운 날

누군가 그리운 날엔 해안도로 비잉 돕니다
동료 틈을 탈출해온 괭이갈매기 한 마리가
괜시리 나를 보면서 끼룩끼룩 거립니다

어쩜 저건 말 다 못할 어떤 사연 있는 걸까
네 마음 전혀 모르는 안쓰러움 거기 둔 채
귀가 후 내 맘을 몬딱* 연 띄우듯 날리다가

자꾸만 아른대는 정겨움이 피어올라
셋째 수 쓰려는데 조금 전 본 물새 하나
현관 앞 松 분재 앞으로 살곰 내려앉습니다

* 몬딱: 전부, 모두라는 뜻의 제주어.

늦갈바람

내가 쓴 시조 위로 풍랑주의보 내립니다
어쩌면 고구마 이랑 그것을 쏙 **빼닮은**
파도는 경주하듯이 마당가로 밀려듭니다

방파제 앞에 선 채 갯바위에 혼자 있는
저 물새 연모하며 손짓하듯 바라보다
이제는 젖은 옷 털 때 내 가슴을 적시우고

그래도 저편에선 낚싯대 든 노인네가
그리움 낚으려다 세월 낚는 그곳에서
수평선 끌고 옴일까 움츠리는 저 어깨

골절되다

돌부리 걸린 강풍에 내 마음도 금이 갔다
한 며칠 통원치료 침 맞고 뜸도 뜨고
그러다 완치돼가니 제 버릇 못 버리네

이젠 저 들녘에서 거칠게 내달리다가
휘청이던 가지 하나 툭 꺾으며 갈 때
바위틈 힐끔대면서 서리 하나 꽃 피우고

내일은 대한이지만 소한보다 덜 추우리
그러자 화 잔뜩 난 저편의 오름 하나
둘러맨 상고대 펼치며 사위四圍로 널어놓는다

3부

섬에서 섬을 보다

여서도 1

삐딱하게 돌아앉아 섭섭한 일 있나 보네
구좌와 청산 사이 몇 가구나 사는지
한 번도 못 가봤지만 어머니가 살 것 같다

이처럼 맑은 날에 더 가까이 보일 때는
언제쯤 작정하고 여서도에 가 봐야지
밤중엔 여우 울음이 파도 타고 들린댔지

로프쯤 동여맨 후 당겨볼 순 없을까
조금씩 더 조금씩 손 닿을 듯 다가앉는
오늘은 이쯤에 두고 바라보면 좋겠다

여서도 2

그리움 반짝이는 여서도가 빛나네
어느 수출선 하나 흘려버린 화폐일까
내 가슴 파도에 띄워 노 젓듯이 가본다

소나무 분재

오늘은 들녘에서 분재목 하나 데려왔다
바람에 휘인 가지 아버지 팔뚝 같네
집안에 고이 모시고 그냥 넙죽 절을 한다

별난 착시

장맛비 그친 뒤로 최악의 광란이듯
냉방병 별거냐며 온종일 갇힌 주말
시집을 보다가 말고 책장 모서리 웬 벌레가

요 녀석 큰소리치듯 재빨리 내리치니
얼씨구 꿈쩍 않고 그 자리 버티고 앉아
바보짓 그만하라며 되레 내게 호통이다

그제야 맘 다듬어 자세히 훑어보니
페이지 표시인 걸 웬 물체로 착각한 나
이제 곧 지상 퇴출할 날 머지는 않았나 보다

자르다

시린 바람 소리를 그냥 잘라 버렸더니
혹한에 떨고 있던 백목련 저 하나가
그제야 두루마기 입고 한껏 멋을 냅니다

다랑쉬오름 정상엔 몰려든 구름 사이로
갑자기 소낙비 올 듯 그 주변 다 흔들 즈음
내리는 빗줄기를 몬딱 훈듸* 잘라 버립니다.

창밖엔 사철 저리 쉼 없는 귀뚜리 울음
오늘 더 애달피 들려 다신 듣지 않으려고
메아리, 잘라낸 후에 매운탕을 끓입니다

* 몬딱 훈듸 : 전부 함께라는 뜻의 제주어.

42

고적한 밤의 시

그 찻길 옆 좌측에는 경계석이 있습니다
거긴 누군가 그리운 홀아방이 있습니다
몇 걸음 더 들어가면 아늑함이 핍니다

침실에 엎드린 채 명상하는 이런 밤은
더없이 고적하여 견딜 수가 없는 듯이
시 한 줄 긁적입니다 닳아버린 펜으로

우리는 …

저 건 송창식의 노랫말이 아닙니다
오늘도 반가운 듯 이 땅에서 저리 웃는
앞마당 피어난 동백 내 가슴도 밝힙니다

주말엔 해안도로 걷기운동 합니다
파도 소리 들리는 곳 그 지점을 따라 들면
뿌옇게 날개 파닥이는 괭이갈매기 인사하고

그 길을 비잉 돌아서 내 집으로 다시 오면
하마 내가 좋은 건지 서로가 다 좋아선지
현관 앞 松 분재 하나 나를 환히 반깁니다

네가 학이 되기까지

눈발 한 닢 내려앉는 저 가지 끄트머리
네가 학이 되기까지 만고萬苦를 다 떠안은 채
저 홀로 길 떠나는 중 여기 앉아 잠시 쉰다

어쩜 저리 몸 비틀며 낯선 길을 택한 것은
온 세상 다 떨고 있는 코로나를 피함일까
고적한 네 삶의 방식 두문불출로 재현하고

저 시린 가슴으로 아지랑이 피어올라
아직도 야속한 맘 내려놓지 못함인지
용틀임 하는 저 표피 봄 마중을 나서네

생선

원한 맺힌 가슴인 채 세상과 결별이다
사람은 목숨 다하면 두 눈을 꼭 감는데
어쩌리, 하마 놀란 듯 눈 뜬 채 그대로다

그리움 낚다 보면

밤하늘 별똥별같이 어딜 내달리는 겔까
여름밤 가을밤도 아닌 어중간한 계절 그쯤
나앉은 방파제 너머 수평선도 금이 간다

먼바다 저편에선 불 밝힌 집어등에
한 마리 한치 녀석 눈부셔 손 내젓다가
드르륵 낚싯줄 삼켜 공연히 눈 흘기고

그렇게 파도 타며 낚아 올릴 때마다
미풍 반 미련 반쯤 섞여오는 것이 있다
아직도 나는 홀아방 거 참 재미 안 좋은 날

그리움 낚다 보면 언제 찾아오실까
귀뚜린 사계절을 시위하듯 몸부림치고
난감한 내 가슴으론 출렁이는 파도 소리

모성애

무엇을 찾으러 간 그 순간의 보일러실
고양이 새끼를 낳은 저 한 편의 아늑함에
어쩌리, 모르는 듯이 살짝 빠져나왔다

텃밭을 거닐던 훗날 빈 개집을 바라보니
산부인과 차린 걸까 가냘픈 울음소리
길 잃은 저 행려객이 내 집 무상 임대했네

귀뚜리 하나

우도의 귀뚜리 하나 나를 찾아오던 날
고향 소식 입에 물고 파도처럼 달려들어
이 순간 기웃댄 곳은 내 집 현관 앞입니다

풀어놓은 정겨움은 텃밭의 호박꽃 같아
심장 다 울려대는 저 소리에 놀란 가슴
찡하니 내 콧등으로 무적소리 핍니다

4부

별똥별에게 침 맞다

허공에 침을 놓다

내 몸이 우주라면 북두칠성은 어디일까
발목 삔 칠성통 길 그쯤은 아니었을까
밤하늘 별똥별 하나 허공에 침을 놓는다

바람 부는 날의 시

표독스런 저 강풍이 허공 다 뒤집어도
중단하면 안 된다며 출발하는 이 주말에
해안가 그 길을 따라 한 바퀴 휘이 돌고 온다

어둠 내려갈수록 바람 저리 들러퀼* 때
수평선 부르는 겔까 저기 혼자 손짓하는
이따금 젖은 옷 털며 파닥이는 물새 하나

바람에 등 떠밀려 귀가한 한 참 후에
하필이면 홀아방 집 누가 찾아온 것인지
창문을 흔들어대며 저리 난동 피고 있다

* 들러퀴다: 날뛴다는 뜻의 제주어.

쥐똥 한 방울

사방문 다 열어놓은 이 주말 오후 세 시
시 제목 쓴 쪽지 한 닢 방 한편에 두었는데
미풍에 날아가더니 어디론가 숨는다

때마침 거실에서 무얼 생각하던 중에
어쩌다 내게 들켜 저리 떨고 있는 건지
이 순간 식탁 앞에서 발견한 쥐똥 한 알

쥐포스*로 다 포획해 맘 놓고 지내던 중
또다시 숨은 흔적 저리 뒹굴어대는 건
어쩌면 홀아방과의 동거 시작함이럴까

* 쥐포스: 쥐를 잡는 끈끈이 도구.

불청객

조각달 움츠린 듯 한파 넘실대는 밤에
뉘인지 창밖에는 우째 나를 부르는 음성
도무지 알 길이 없어 고개만 내젓다가

이제는 어디선가 어둠 짖는 소리까지
들리는 이쯤에는 홀아방 찾는 이도
있으면 좋겠다마는 부서지는 파도 소리

그러던 중 갑작스레 유리창 문 노크하여
급히 방문 열어주니 뛰어드는 것 좀 보소
이것은 그리는 임이 아닌 귀뚜리의 함성이다

외출하는 바다

오늘은 저 바다가 드라이를 합니다
어디를 나서려고 저리 들뜬 것인지
나 지금 사뭇 궁금해 수평선을 봅니다

어둠이 내려가니 시장기가 나는 걸까
서산도 열매 하나 낼름 삼켜 버릴 때
먼바다 어선으로는 집어등 불 밝힙니다

어획량에 탄성 지른 저 음성에 놀란 파도
한 치 하나 둘러멘 채 이리 달려들다가
도시를 떠난 그리움 찾으러 떠납니다

회상

파편처럼 흩어졌던 내 유년의 기억들이
햇수만 가득 싣고 함몰할 듯 다가설 때
아버지 손을 잡고서 거닐던 섬 떠오릅니다

꾸겨진 파도 소리에 부러운 듯 바라보던
잡힐 듯 바다 건너 지미봉* 옆으로는
지나던 성냥갑 자동차 나를 조롱하듯 하고

여름이면 아이스크림 빈 병으로 바꿔 먹던
그렇게 멀어진 기억 파도처럼 밀려들면
낚싯대 하나 들고서 그리움을 낚아봅니다

* 지미봉: 제주시 구좌읍 종달리에 있는 오름.

이 밤엔

줄자로도 잴 수 없는 오늘 밤 내 그리움
저기 뜬 조각달은 이 맘 알고 있을까
저렇게 등 돌려선 건 내 맘 모른단 뜻일까

그래서 그런가보다 새벽하늘 적시고 간
내 맘 대신 아침이슬로 서러움을 흘린 후
다시금 꿈틀거리는 한없는 이 적막함

밤에는 웃음소리 들릴까 했었는데
무에 화가 나 있는지 토라진 네 모습이
어쩌다 나와 닮아서 시를 쓰게 하는가

동백 애도哀悼

나의 집 어귀에는 불빛 하나 떠 비친다
현관 옆 정원에선 저 혼자 고운 동백
언제나 겨울밤이면 불빛 저리 밝혔었지

이따금 찾아오는 손님이 아니라도
혹시나 잘못 들까 조심스레 비춰주는
그 모습 혹한에는 더 정겨움을 느꼈는데

그러나 한겨울로 접어든 이 순간에
설한풍 둘러멘 채 바라보는 정원에선
어쩌리, 고사목 되어 조각달로 떠 비치네

겨울 사냥

오후에 귀가한 후 집 둘레 휘 돌아볼 때
수돗가엔 새의 깃털 두세 개가 나풀댄다
그제사 마당 저편을 보니 고양이의 겨울 사냥

저이는 쥐만 잡아 허기를 채우는 줄
나 그리 알았는데 나닐던 새 포획하여
저렇게 날름대다니 내 몸 다 떨려오네

하필이면 호랑이해 저이도 닮으려나
차라리 이 현장을 목격치 말았으면
식사나 제대로 할 걸 아이구 참 끔찍해

설 명절, 그 연휴에

어쩌다 다랑쉬오름 못 가본지 언제일까
오늘은 해안도로 쭈욱 따라 걷다 보니
코로나 안 무서운 듯 파도 타는 물새 하나

변이바이러스까지 강풍처럼 밀려들어
세계 믄딱* 위협하며 공포로 떨고 있어
언제면 심호흡하며 거닐 수가 있으리

설 명절 연휴에도 맘 놓고 못 만나는
친척들뿐 아니라 주변인들 다 그럴 때
서로가 풍랑주의보 해제될 날 기다린다

* 믄딱: 전부, 모두라는 뜻의 제주어.

거울을 보며

홀아방 밥상이야 뻔히 다 아는 거지
어쩌다 남이 보면 연민의 정 느낄까 봐
식탁엔 이것저것을 진열하듯 놓는다

그렇지만 언제부터 내가 왼손잡이였나
한동안 오물대며 밥숟갈 뜨다 말고
거울에 비친 모습을 힐끔 바라보다가

명절이라 들뜬 지금 떡국이랑 끓여놓고
혼자서 탄식하는 다른 이유 있었으니
세월은 이리 빠른 것 내 유년이 그립다

5부

제주어 시편

봄날에

우영밧듸 술쩨기 느려앚는 ᄀ랑비야
혼저슬 ᄉ못 실리운 나모가젱이 트멍으로
때마츰 수줍게 나온 느 두린 세순 ᄒ나

봄날에

텃밭으로 살며시 내려앉는 가랑비야
한겨울 사뭇 시려운 나뭇가지 틈으로
때마침 수줍게 나온 네 어린 새순 하나

엿날엔 눌 쳐났젠

뒈와진 존둥이 두드리멍
아이고 종애여
나도 엿날엔 눌 쳐났져마는

저 원쉬 궅은 혜
트곡 주물적마다
차롱 쓰곱에 멘경 내낭
미죽이 바레어 보멍 홀땐
파싹, 그 멘경 벌러불구정 혼다

느네 아방
양지 도독놈이옌 혼말은
입에 돌아정
혼숨 푸욱 푹 내쉬어 가민
느시 어멍 주꿋듸 앚질 못호주

게메 놈도 기영 굴아라
늬네 어멍
이젠 할망 다 뒈부난 거주마는
엿날엔 눌 쳐났젠

66

옛날엔 날렸었대

비틀어진 허리 두드리며
아이고 다리여
나도 옛날엔 날렸었다마는

저 원수 같은 해
뜨고 질 적마다
작은 바구니 속에 거울 꺼내
물끄러미 바라보며 할 땐
파싹, 그 거울 깨트리고 싶어진다

너의 아버지
미남이었다란 말은
입에 매달고
한숨 푸욱 푹 내쉬어 가면
끝내 어머니 곁에는 앉질 못했지

글쎄 남들도 그렇게 말하더라
너의 어머니
이젠 할망 다 돼서 그렇지만
옛날엔 날렸었다고

돗도고리

모지직 뒈운 입솔기로
구들문 욜아 제끼는 아의 어멍

아니 게난 아멩ᄒ여도
기영이나 간세ᄒ여집데가
이녁 창지 ᄀ득여지난 놈 베골른 중 몰란
ᄎ마 오널 집이 들어졌걸랑
도새기 것도 주곡 ᄒ주
저 통시에 돗도고리
파싹 몰란 벨라지는 거 강 봅서
저긔 궂인 물통에
물 ᄒ 박세기 거려놓음이라도 ᄒ쿱데게
기영ᄒ여도 두어덜 후제
저 어룬 아덜 장게갈 때 도새기 추렴ᄒ민
소님 대접ᄒᆯ 생각은 안ᄒ곡
도감 ᄌ곳듸 주우릇ᄒ게 부떠 앗앙
돗지름 지깍훈 도새기궤기 ᄂ물짐치에 몰앙
옴찍 암찍
쇠주는 아가리에 잘 거려 놓을 거라

놈은 굴앙 웃곡, 나 쏘곱은 답답ᄒ곡
아이고 나 ᄉ주 나 팔ᄌ여
저 놈의 장귀판을 구시더레 잡이 쏘아 불렌ᄒ민

돼지 먹이그릇

사납게 비튼 입술로
방문을 열어젖히는 아이 엄마

아니, 글쎄 아무런들
그렇게나 게을러집디가
당신 창자 채워지니 남 배고픈 줄 몰라
차마 오늘 집에 있어지거든
돼지 사료도 주고 하시지
저 돼지우리에 먹이 그릇
파싹 말라 찢어지는 거 가서 보세요
저기 궂은 물통에
물 한 바가지 떠놓기라도 할 거 아닙니까
그래도 두어 달 후에
당신 아들 장가갈 때 돼지 잡으면
손님 대접할 생각은 하지 않고
도감 옆에 군침 삼키며 붙어 앉아
기름 있는 돼지고기 배추김치에 싸서
옴찍 암찍
소주는 입으로 잘도 떠마시겠지요

남들은 말들하며 웃지 내 속은 답답하지
아이고 나 사주, 나 팔자여
저놈의 장기판을 오줌통으로 집어 던져버리려면

스랑 호염져

저긔 웃드르
퍼렁혼 테역 밧디로
이실 돌아진 늬 모냥을 스랑 호염져

드랑쉬오름
곡대기 혼펜이서
우리신디 손짓하는
소사나모 혼 그르를 스랑 호염져

바당굿
빌레 고냥에서
이츠록 물꾸루미 나왕
절 소리 듣는 드릇 국화 꼿

어떵호단
헤벤착더레
곱완 나와신디

츠마 늬가 고장 피울 때까지의
그 지인 날덜을 스랑 호염져

사랑하고 있다

저기 먼 들녘
파아란 잔디밭으로
이슬 매달린 네 모습을 사랑하고 있다

다랑쉬오름
정상 한 편에서
우리에게 손짓하는
소사나무 한 그루를 사랑하고 있다

바닷가
바위 구멍에서
이렇게 물끄러미 나와
파도 소리 듣는 들녘 국화꽃

어쩌다
해변 쪽으로
숨어 나왔는지

차마 네가 꽃 피울 때까지의
그 기인 날들을 사랑하고 있다

쉐섬[牛島]에서

새벡녁이
해 트는 거 보젠
섬머리 혼 모사리 춫아 와십주
주간명월 동산 우희
질그렝이 부떠 앗앙
동더레만 동더레만 빈주룽이 술퍼볼 때
저 골매기도 누권가 스뭇 기려워싱ᄀ라
절벡 아레착에선
애 그차지는 소리
설릅게 들렴수다
바당을 촐로 삼앙
거긔 누운 부렝이 ᄒ나는
쉰다리 내움살로 술쩨기 다가앗고
왜놈덜신듸 ᄇ짝 대들던
우리 아방 어멍덜
늬큰허지도 안ᄒ영
그때 그 설룬 일덜을 또 이레 끄성 올 때
오널은
아적 헤 터오르는 섬머리에서

74

누긔 들으렌 것산듸
메기의 추억만 이영 혼엇이 불러 봄수다

소섬[牛島]에서

새벽녘에
해 뜨는 거 보려
섬 머리 한 모퉁이 찾아왔지요

주간명월晝間明月 동산 위에 끈질기게 붙어 앉아
동쪽으로만 동쪽으로만 빤히 살펴볼 때에
저 갈매기도 누군가 사뭇 보고 싶어졌는지
절벽 아래쪽에서
애간장 끊어지는 소리
서럽게 들립니다

바다를 풀로 삼아
저기 누운 수소 하나는
식혜 냄새로 살짜기 다가앉고
왜놈들에게 바짝 대들던
우리의 부모님들
몸서리치지도 않았는지
그때 그 서러웠던 일들을 또 여기 끌고 올 때
오늘은

아침 해 떠오르는 섬 머리에서
누구 들으라는 것인지
메기의 추억만 이렇게 한없이 불러봅니다

이녁 혼자 중중ᄒ멍

창문 박긘 실려운 ᄇ름 ᄆ섭게 불어대는
ᄌ끗듸산듸 어디산듸 웨는 자ᄇ세들 ᄒ곤
공젱이 웨울르는 소리 절ᄀ치 넘실대고

오널은 공일에 ᄒᆺ쓸 싯당 저레 나강
웨방이나 ᄒ번 갈 때 입을 옷 사야 ᄒᆯ건듸
사월이 다 됏주마는 날이 발라 저슬 ᄀᇀ다

볼일 다 ᄆ끈 후제 빈집이 혼차 시난
누긔가 왕 불럼신듸 유리창문 흥그는 소리
ᄇ름만 저영 불어대멍 내 가심 ᄇ려 놓암셰

새옷도 사왔겠다 네일랑 츨령 나상
어딀강 홀어멍 쯤 업엉와사 ᄒᆯ거주마는
ᄆ심이 끄느랑 ᄒ연 홀아방 티 벗긴 뜰렸네

당신 혼자 중얼거리며

창문 밖엔 차가운 바람 무섭게 불어대는
곁에인지 어데인지 떠드는 모양들하고는
귀뚜리 외쳐대는 소리 파도 같이 넘실대고

오늘은 휴일, 조금 있다 저리 나가
나들이나 한 번 갈 때 입을 옷 사야 할 건데
사월이 다 됐지만 날씨 바로 겨울 같다

볼일 다 마친 후에 빈집에 혼자 있으니
누가 와서 부르는지 유리창문 흔드는 소리
바람만 저리 불어대며 내 가슴 찢어놓는다

새 옷도 사 왔겠다 내일은 차려입고
어딜 가서 홀어멍이라도 데려와야 할 거지만
마음이 너무 약해서 홀아비 티 벗긴 틀렸네

ᄇᆞ름 불던 날

올히 봄은
푸다시 ᄒᆞ멍 와보젠 ᄒᆞ는 셍인 고라
지금 창문 박긔는
실려운 ᄇᆞ름
ᄉᆞ뭇 들러퀴멍
지붕 ᄆᆞ딱 내갈겨 가고
광절다리 ᄀᆞ치 화륵ᄒᆞ는 저 웨울름에
기영ᄒᆞ당 막살이꺼지 뒈싸불카부덴
조들아질 때
하늘이 ᄒᆞ는 일이라 홀수가 엇주마는
어떵말고 훈듸들엉 이 ᄆᆞ심도
펜안치 못ᄒᆞ여 지는 걸
지난 저슬
갯ᄂᆞ물 불휘 ᄀᆞᄐᆞᆫ 그 고뿔에
야게 ᄇᆞ짝 쉰 기영훈 웨두드림인가
게메 그건 아닌 거 닮고
ᄎᆞ마 이 짚은 밤
술쪄기 홀아방 집꺼진 ᄎᆞᆽ아왔주마는
파싹 비치로와싱고라

80

창문 아멩이나 못 욜안 장석ᄒ는
그 예펜네의 조드는 소린 아닌가 몰를로고

바람 불던 날

올해 봄은
푸닥거리하며 와보려는지
지금 창문 밖에는
차가운 바람
사뭇 껑충거리며
지붕 모두 내갈겨 가고
미치광이 같이 날뛰어가는 저 외침에
그렇게 하다 막살이까지 뒤집어 버릴까
걱정이 될 때
하늘이 하는 일이라 할 수가 없지마는
어쩌란 말이냐 함께 이 마음도
편안치 못하여 지는 걸
지난겨울
갓나물 독한 뿌리 같은 그 감기에
목이 바짝 쉰 그런 고함일까
글쎄 그건 아닌 거 같고
차마 이 깊은 밤
살짜기 홀아비 집까진 찾아왔지만
너무 부끄러웠는지

창문 아무렇게나 못 열어 끙끙대는
그 여인네의 근심 진 소리는 아닌지 모르겠네

얼다

저슬 숭 내는 보름 하늘 몬딱 뒈싸놑세
뜻뜻훈 구들에 잇단 마당에 나와 시난
휙 훙멍 심언 들러네 기냥 데껴부는 거 보라

믹신 사고 나시카부덴 저 공젱이 울멍 실르멍
자빠진 나 에와싼 곡꼿이영 다 훙여갈 때
아이고 정신 출려네 상방더레 기여들고

낮 후젠 헤벤 질을 뽀르게 걸어가멍
운동 훗쑬 흐젠 훈난 너믜 얼언 못훌로고
핑게에 탁베기 훈 사발 타령도 훈 곡지

84

춥다

겨울 흉 내는 바람 하늘 전부 뒤집는다
따뜻한 방에 있다 마당에 나와 있으니
휙 하며 잡아들고는 그냥 던지는 거 보라

무슨 사고 났을까 봐 저 귀뚜리 울며불며
쓰러진 나 에워싸서 울음이랑 터트릴 때
아이고 정신 차려서 마루 쪽엘 숨어들고

낮후엔 해변 길을 빠르게 걸어가며
운동 조금 하려니 너무 추워 못 하겠네
핑계에 막걸리 한 사발 타령도 한 곡조

홀아방이 사는 법

아멩ᄒ여도 이추룩 티가나 안 될로고
때 ᄒ여먹는 그 일이사 아모 것도 아니주만
나 딴엔 반지롱ᄒ게 출련 나산 걸어갈 때

저 앞서서 걸어오던 몰른 아지망 ᄒ는 말이
누긔산디 베르싸진 거 잘 중광 댕겨삽주
양지가 와싹 뜨가완 기영ᄒ난 홀아방이우께

오널은 하나로마트 주록주록 나댕겨도
믜시거 ᄒ여먹을 줄 알아사 사올건디
사탕만 두린 아의 ᄀ치 들런 완 입 놀렴수다

86

홀아비가 사는 법

아무래도 이렇게 티가나서 안 되겠네
끼니 해결하는 그 일이야 아무것도 아니지만
나 딴엔 참 깨끗하게 차려입고 나서서 걸어갈 때

내 앞으로 걸어오던 모른 아주머니 하는 말이
누구인지 바지 자크는 잘 올리고 다녀야죠
얼굴이 와싹 따가와 그러니까 홀아비지요

오늘은 하나로마트 몇 번이나 나다녀도
무엇을 해먹을 줄 알아야 사올 건데
사탕만 어린아이같이 사고 와 우물거립니다

몽셍이

갈기 모딱 훈들르멍 야게영 그닥여가멍
정충거리는 저 몽셍이 어드레 돌암싱고
부에가 잔뜩 나싱고라 붙심지를 못홀로고

심어지민 네일랑 물탕 장에 가사키여
물등에 강셍이 태우듯 나도 기영 걸터앚앙
장판이 호떡 내움살 콧등에 불랑 오젠 흔염주

마츰 날도 묽은듸 오널랑 호강시리
담베통 입에 물엉 개폼 다 잡아가멍
뎅기당 홀어멍이라도 슬쩨기 테왕 와사키여

망아지

갈기 모두 휘두르며 목이랑 끄덕여가며
겅충거리는 저 망아지 어디로 달리는지
부아가 잔뜩 나 있는지 붙잡지를 못하겠네

붙잡으면 내일은 말 타고 장에 가야겠다
말등에 애견 태우듯 나도 그렇게 걸터앉아
장터에 호떡 냄새를 콧등에 바르고 오련다

마침 날씨도 맑은데 오늘은 호강스레
담배통 입에 물고 개폼 다 잡아가며
다니다 홀어멍이라도 살짜기 태우고 와야겠다

낙시ᄒᆞ는 날

누군가 기려운 날엔 헤벤가를 찾습네다
낙싯데 ᄒᆞ나 들렁 먼바당 바렘도 ᄒᆞ곡
경허당 훙글어가민 심내영 ᄃᆞ겨봅네다

몸질치멍 ᄯᅡ라온 걸 ᄒᆞ나 둘썩 구덕에 담앙
나 혼차 반찬 홀만이 서너시간 나끈 후제
집이왕 매운탕 ᄒᆞ영 기영 먹으멍 살암십주

홀아방 ᄒᆞ는 일이 다 그거주 벨거시꽈
밥허기 실픈 때민 라멘도 꿰왕 먹곡
그추록 남은 셍 살당 오렌ᄒᆞ민 가쿠다

낚시하는 날

누군가 그리운 날엔 해변가를 찾습니다
낚싯대 하나 들고 먼바다 바라보기도 하며
그러다 흔들어 가면 힘내서 당겨봅니다

몸부림치며 올라온 걸 하나둘씩 바구니에 담아
나 혼자 반찬 할 만큼 서너 시간 낚은 후에
집에 와 매운탕 하여 그리 먹으며 살고 있지요

홀애비 하는 일이 다 그거지 별거 있습니까
밥하기 싫을 때면 라면도 끓여 먹고
그렇게 남은 생 살다 오라면 가겠습니다

ㄴ물 꽃

저착더레 바레어 보라
누긔가 왕 칠이나 흔 거 곹은 저 ㄴ물 꽃
ᄉ뭇 촐싹 거리멍
놉 ㄱ를 나위 엇이
춤추멍 꼴리치는 거 보라게
늬 몸짓은 ᄁ느랑헌 몸매쪼광
ᄒ기사 곱닥ᄒ게 보이난 걸테주마는
저긔 뽄 좋은 새서방광 새각시
ㄴ 트멍으로
곱을내기 ᄒ듯
술술 걸으멍 웃음벨탁ᄒ멍
사진 찍는 자부세덜을 보난
무사 흔듸들엉 불와점싱고
나도 흔 땐
저영훈 시철 잇어나싱가 몰르주마는
이젠 오렌 ᄒ걸랑
ᄒᆺ쏠시민 파싹 ᄆ를 저 ㄴ물낭 모냥으로
기영 가사주 어떵말고

유채꽃

저쪽으로 바라보라
누군가 와서 색칠이나 한 거 같은 저 유채꽃
사뭇 촐싹대며
남이 말할 나위 없이
춤추며 꼬리치는 걸 보라
네 몸짓은
가느다란 몸매하며
하기야 곱게 보이니 그럴 테지만
저기 멋있는 신랑과 신부
네 틈새로
숨바꼭질하듯
살며시 걸으며 웃음잔치 하며
사진 찍는 모양새들을 보니
우째 함께 부러워지는지
나도 한 땐
저러한 시절 있었는지 모르지만
이젠 오라 하면
조금 있으면 파삭 마를 저 유채꽃대 모양으로
그렇게 가야지 어쩌란 말이냐

'길', 그 부름에 관한 물음

송 인 영(시인)

1.

문학은 머리로 하는 것이 아니라 발로 하는 것이라는 말이 있다. 산길, 들길, 밭길, 둑길, 숲길, 뱃길, 철길, 둘레길, 올레길, 바닷길, 출셋길 심지어 저승길까지… 태어나고 죽고 심지어 죽은 그 이후까지. 하여, 작가들의 업 문학, 그 지난한 전 여정을 일컬어 우리는 '노정路程'이라 하지 않는가.

김순이 선생으로부터 2020년『국자로 긁다』라는 제목의 첫 시조집을 낸 오창래 시인이 이번에 다시 두 번째 시조집인 '다랑쉬오름'을 상재하게 되었다며 이 작품집에 대한 해설을 부탁해 온 것은 7월도 상순, 장마로 인해 어느 하루 베롱헌 날 훈시 어시 습하기가 이를 데 없는 그야말로 푹푹 찌는 전형적인 제주 여름의 날씨. "경해도 먼디도 아니고 フ튼 제주에 살멍 작가 얼굴은 한 번 방 써도 써야 허지 안 허크라."

달렸다. 연식이 오래되어 시동을 걸 때마다 자기가 무슨 갈매기라도 되는 양 '끼르륵 끼륵' 소리를 내는 내 애마를 몰아. 화북, 삼양, 신촌, 조천, 함덕, 북촌, 김녕, 한동, 월정, 평대…… 돌아도 돌아도 그 자리이지만 또 돌고 돌다 보면 다른 자리.

여름에는 '세화', 이곳에서 더위를 난다는 세화 하나로 마트 부근 김순이 선생의 서재는 소담하기가 마치 이 여름 봉숭아꽃 같았고 그곳에서 김순이 선생으로부터 오창래 시인을 처음으로 소개받았다. 친환경 농사를 지으며 동거인으로는 귀뚜라미, 애인은 소나무 분재, 생활은 굶지 않을 정도로만, 주로 가는 곳은 해안도로와 오름…… 보태고 말 것도 없이 집으로 돌아오자마자 그의 첫 시조집인 『국자로 긁다』를 다시 펼쳐 들었다.

> 바람길 바닷길도 위의威儀를 갖췄다면
> 이 지상이 왜 울랴 갈매기가 왜 울랴
> 닻줄을 놓친 바다에 팽목항이 떠돕니다
> ─「떠도는 항구」 전문

여기 감히 바람길 바닷길을 향해 위의威儀를 갖추라고 명하는 한 시인이 있다. 저들이 떠도는 이유가 저 길들이 제대로 된 위의威儀를 갖추지 않았기 때문이라며. 그러나 우리는 안다. 저 길들은 시인 자신이 잠시 그 뒤로

가 숨고 싶은 장치일 뿐 정작 하고 싶은 말은 저 제목에서도 알 수 있듯 바로 현재의 우리라는 것을. '수중고혼'. 지금도 어디선가 떠돌고 있을 것만 같은. 제정신을 가진 사람이라면 다시 입에 담을 수조차도 없는. 그렇게 놓친 바다를 다시금 놓친 한 시인이 여기에 있다.

우도는 내 고향 떠나온 길 놓쳐버렸다
3.8킬로 바닷길엔 발동선 소리만 남고
봄 저녁 너울 바다엔 유채꽃이 피어난다

우도봉 남서 쪽 흘러내린 무덤들 사이
귀뚜리 울음 적신 낯익은 이름 하나
한잔 술 남은 눈물도 바다에 던져본다
　　　　　　　　　　　　—「우도에 던지다」 전문

'던지다'라는 의미는 어떤 의미일까. 던지니 던지고 던져서… 3.8킬로 저 우도! 발동선 소리만 남고 너울너울 너울 바다에는 아직도 낯익은 이름 하나. 해서, 떠나온 길을 놓쳐버렸다는 것은 그냥 말뿐이고 우렁우렁 시퍼렇게 아직도 시인의 가슴에 살아 놓친 그 길을 다시 되밟게 하는 바다, 우도!

구좌 하도 바다엔 토끼가 앉아 있다

육지로도 못 가고 먼바다로도 못 나가는

누군가 그리운 날엔 문주란 꽃이 핍니다
　　　　　　　　　　　　　　　　―「구좌 토끼섬」 전문

　섬을 떠나 다시 섬으로 가는 사람들은 안다. 누군가 그리운 날엔 왜 문주란 꽃이 피는지. '깡총' 한 번 뛰면 금방이라도 닿을 듯한 거리. 그러나 결국 섬으로도 못 가고 뭍으로도 못 가는. 이렇듯 길을 놓친 사람들은 다시 또 저렇듯 자기 자신이 길이 되어.

　일찍이 박이문 선생은 그의 책 『길』에서 길은 삶이 남기는 삶에 대한 인간의 문학적 기술이라고 정의함과 동시에, 인간에 이해 씌어진 이 길이라는 언어에 의해서, 자연은 침묵을 깨뜨려 의미를 가지게 되고, 이로 말미암아 문화라는 꽃을 피우게 됨과 동시에 자연이 아니 더 나아가 온 우주가 하나의 노래나 시가 된다고 하였다.[1]
　이제 이 말처럼 이 땅에 '시인'이라 일컫는 대부분의 사람들이 그렇듯 오시인의 경우도 예외는 아닐 터, 앞서거니 뒤서거니 그가 펼치는 그 두 번째 노정路程인 『다랑쉬오름』을 함께 따라나서 보기로 한다.

1) 박이문, 『길』, 미다스북스, 2003, 15쪽.

2.

먼저 이번 시인이 낸 두 번째 시조집 『다랑쉬오름』의
그 면면을 살펴보면 맨 앞장에 시인의 말 그리고 그 1부
'보름달 뜨는 그릇', 2부 '허공을 자르다', 3부 '섬에서 섬
을 보다' 4부 '별똥별에게 묻다', 5부 '제주어 시편' 등 각
각의 주제에 맞는 각각의 시편들을 이 시집 제목이 말하
고 있듯 소담히 다랑쉬오름 그 오목한 그릇에 각각이 나
누어 담고 있음을 알 수 있다.

그릇에 나누어 담았다는 것, 그 말은 다시 말해 그 그
릇에 담기기까지 셀 수조차도 없는 수많은 밤들을 거쳐
왔다는 말. 하여, 또 이것이 길이면 다시 또 길 일터, 두
서없을지는 모르겠지만 이번에는 이 길이 가라는 데로
한 번 가 볼 요량이다.

> 한여름 밤 방파제로 나앉은 이유 있다
> 헛기침 한번 하니 저 멀리서 떠 비치는
> 집어등 너머 수평선 저걸 한번 사볼까
>
> 한눈에 들어와서 몇 평 안 되겠지만
> 저 바당 일구면서 어떤 설계해보려고
> 오늘은 계약서 한 장씩 서로 주고받았네

어쩌면 이런 것은 고적한 내 삶의 방식

법원 등기 안 하면 무소유에 걸리려나

어깨에 힘을 주면서 콧노래로 귀가한다

─「어떤 계약」 전문

'아~아~ 웃고 있어도 눈물이 난다…' 이는 가수 조용 필이 부른 「그 겨울의 찻집」이라는 노래의 한 대목이다. '웃고 있어도 눈물이 나는!' 아마 모르긴 몰라도 이 말은 이 세상 소위 글쟁이라고 일컫는 모든 이들이 독자들에 게서 가장 듣고 싶어 하는 말일 터, 술도 안 먹고 담배도 안 먹고 거기다가 홀아방에… 그래서 짬만 나면 걷고 또 걷는다는 시인. "삐딱하게 돌아앉아/ 섭섭한 일 있나 보 네// 구좌와 청산 사이/ 몇 가구나 사는지// 한 번도 못 가봤지만/ 어머니가 살 것 같다//이처럼 맑은 날에/ 더 가까이 보일 때는// 언제쯤 작정하고/ 여서도에 가 봐야 지// 밤중엔 여우 울음이/ 파도 타고 들린댔지// 로프쯤 동여맨 후/ 당겨볼 순 없을까// 조금씩 더 조금씩/ 손닿 을 듯 다가앉는// 오늘은 이쯤에 두고/ 바라보면 좋겠 다// (「여서도 · 1」 전문)

맑은 날이면 제주에서도 훤히 보인다는 '여서도'. 오죽 했으면 그 섬을 밀었다가 당겼다가 그랬을까. 정말로 슬 픈 사람은 슬픈 티를 내지 않고 정말로 외로운 사람은 외로운 티를 내지 않듯 정말로 고적한 사람은 외려 그 고적함을 부러 즐긴다는 말이 있다. 하물며 시인이랴.

걸으면 길이 되고 길이 되면 다시 걷는. 여름밤 그 길 그 방파제에 앉아 굳이 민법 조항을 들먹이지 않더라도 어깨에 힘을 주며 콧노래까지 부르며…… '웃고 있어도 눈물이 난다'는 말은 바로 이런 광경을 두고 하는 말이 아닐는지. 그러나 아무리 그렇다손 치더라도 시인이기 이전에 시인 자신도 한 사람의 외로운 한 인간인지라 그 외로움은 어쩔 수가 없었는지 ' "나를 우째 지금까지/ 홀아방이라 했던 걸까//평소 나의 이 공간이/ 부끄럽지 않은 바다// 초저녁 갯강구 몇 마리/ 고적함을 물고 간다// 나의 발자국은/ 어디로 가는 걸까// 바다가 쉬어가나/ 바람결의 저 팔각정// 해풍도 오늘은 지쳐/ 사표를 던지겠네// (「사표를 던지다」 전문)'라며 그만 이쯤에서 이 생에 사표를 던지고 싶다며.

뉘가 내 널고 간 것인지 별사탕이 가득한 밤
내가 보면 입 다시라 이쯤에서 뿌렸을까
허공을 가득 메운 채 저렇게 널려있다

밤이면 언제라도 한 알 입에 넣으라며
인심 한번 쓰려는지 반짝임만 더한 날에
조각달 혼자 서운해 저리 토라졌나 보네

저것은 이상한 과자 뉘 안 볼 때 낼름 먹다
남은 건, 이 새벽에 별똥별로 피는 설움

어디로 날아가는지 무엇으로 피는지

　　　　　　　　　　　　　—「한여름 밤의 저 건」 전문

　그런데 여기에서 우리가 간과해서는 안 될 한 가지 사실! 그만 사표를 던지고 싶을 정도로 외로운 생인지는 몰라도 시인의 그 노정이 결코 호락호락하지 않다는 사실이다. 시인의 두 번째 노정인 「다랑쉬오름」 이번 시집에 실린 첫 작품이기도 한 이 작품이 말하고 있듯 한 마디로 그는 길이 없으면 길을 만들고 거기에 더해 지금껏 만들어 온 그 길을 다시 지우며 끊임없이 만들고 지우고 지우고 다시 만드는 시적 성찰을 계속하고 있다는 점이다. 어둠이 흐르면 별이 흐르고 별이 흐르면 시인도 흐르며 그러니 고적을 달래는 데는 이만한 게 없다는 듯, 하늘 가득 수놓은 별자리들을 군입거리로 불러 모으며 "줄자로도 잴 수 없는/ 오늘 밤 내 그리움// 저기 뜬 조각달은/ 이 맘 알고 있을까// 저렇게 등 돌려선 건/ 내 맘 모른단 뜻일까// 그래서 그런가보다/ 새벽하늘 적시고 간// 내 맘 대신 아침이슬로/ 서러움을 흘린 후// 다시금 꿈틀거리는/ 한없는 이 적막함// 밤에는 웃음소리/ 들릴까 했었는데// 무에 화가 나 있는지/ 토라진 네 모습이// 어쩌다 나와 닮아서/ 시를 쓰게 하는가//" (「이 밤엔」 전문)"이뿐인가. 줄자로도 잴 수 없다는 그리움. 그 그리움을 바로 시인 자신으로 환치해 결국에는 자기 자신을 궁극으로 몰아가는.

그렇다면 시인의 이러한 시적인 '결'은 과연 어떤 성정으로부터 발화해 온 것일까.

> 기인 가뭄 깨트리며 단비 저리 내리던 날
> 단 하나 걱정인 건 뒤뜰의 왕거미다
> 어쩌리, 집 다 무너져 하마 어딜 간 것일까
>
> 어쩌면 급한 김에 안전한 곳 찾았을까
> 걱정되어 나 혼자서 이리저리 살피다가
> 창고를 들여다보니 그 한 편에 터 잡았다
>
> 미동치 않는 저 건 어디 불편했나 보다
> 한참 후 다시 볼 때 조각달 툭 걸리더니
> 그제야 눈 비비면서 휘감는 저 왕거미
>
> ─「왕거미」 전문

기인 가뭄 끝에 내린 비여서 더 그런 것이었는지는 모르지만 분명한 것은 거미 그 자신이 결코 부실공사를 할 위인이 아닌데… 나 역시도 그런 기억이 있다. 그 집에 사는 그 존재가 하도나 궁금해 두리번두리번 몇 번을 기웃거려 보기도 했지만 그러나 그게 다였다. 그런데 시인은 달랐다. 찾던 그 존재가 비 오는 날, 어쨌든 살려고 원래 살던 그곳에서 창고 한구석으로 자리를 옮긴 걸 확인하고도, 그사이 또 어떻게 됐을지 궁금하기도 하고 걱정되기도 해 잠자리에 들었다가, 다시 나와 더듬더듬 그의 존재를 다시 확인 하고서야 잠자리에 드는.

혹자는 말했다. '이 세상 가장 먼 길이 머리에서 가슴까지'라고. 특히 소위 글줄깨나 쓰는 사람들에게 있어 이 말은 얼마나 의미심장한 말인가, 저 머리에서 가슴까지 오기까지 얼마나 많은 낮과 또 얼마나 많은 밤들과 함께 동고동락을 해야 하는지… 보이는 것이 다라면 우리는 결코 이 길을 선택하지 않았으리. 보이지 않아 더 보고 싶어 하고 갖지 못해 더 갖고자 하는. 그것이 시인의 길이고 또한 시詩의 길이기에 우리는 오늘도 힘들지만 마다하지 않고 이 길을 가고 있는 것이 아닐는지.

오목한 저 그릇은 뉘 볼까 숨긴 걸까
이 오름 정상에는 숨죽인 듯 사발 하나
한편엔 고승사 영감 산불 감시 하고 있다

자녀부축 받아가며 산행하는 팔순 노인
젊은이도 힘겨운 데 꿋꿋하게 오른 정상
저 그릇 달을 품고서 보름밤을 기다리네
　　　　　　　　　　　　　—「다랑쉬오름」전문

시인에게 있어 보폭 즉 시야를 넓힌다는 의미는 어떤 의미일까. 집에서 해안도로로 해안도로에서 다시 오름으로. 그뿐인가 이제는 시인의 주변들에게까지. '비자림 남동쪽 1킬로미터 남짓의 거리에 우뚝 솟은 매끈한 풀밭

오름. 비단 치마에 몸을 감싼 여인처럼 우아한 몸맵시가 가을 하늘에 말쑥한. 행정구역상 세화리에 속하며 서쪽 일부가 송당리에 걸친. 송당리 주민들은 "저 둥그런 굼부리에서 쟁반 같은 보름달이 솟아오르는 달맞이는 송당에서 아니면 맛볼 수 없다."라며 마을의 자랑거리로 여겼다'던[2]. 그 다랑쉬오름에 오늘은 시인이 섰다. 자녀 부축받아가며 산행을 하는 팔순 노인. 숨죽인 듯 숨죽인 듯 저 사발 하나가 달을 품고서 보름달을 기다리고 있다. 다랑쉬오름이 고승사영감인지 고승사영감이 다랑쉬오름인지는 몰라도 자연과 사람, 사람과 자연이 완전한 합일을 이루는. 그래서 오름을 두고 '식게 때 반 받듯' 하다는 말이 있지 않나 싶다. 어쩌면 여기에서 우리는 시인이 이번에 낸 두 번째 시집의 제목을 '다랑쉬오름'이라고 한 그 이유를 조금은 알 것 같기도 하고. 뉘 볼까 숨겨왔던 숨죽인 사발 하나. 더 나아가 그 사발이 이제는 이 온 우주와 하나의 완전한 합일을 이루는. 결국 보폭을 넓힌다는 말은 이 우주의 주인이 우리 자신이 아니라 자연이 그 중심이 되었을 때 저절로 우리 자신은 그 뒤를 따라가기만 하면 그 중심이 될 수 있는. 이것이 바로 오늘날 우리 모두가 궁극적으로 도달하고자 하는 길이 아닐는지.

---

2) 김종철, 『오름나그네 · I』, 다빈치, 2020, 42~44쪽.

"저 영감은 웬일인지/ 화가 잔뜩 났나 보다// 오늘은 씨근대며/ 방파제 찾아가서// 지팡이 휘두르더니/ 바다를 내리치네// 몇 번을 내갈겨도/상처 날 듯한 순간에// 에스로반 안 발라도/ 금방 아물어버리는// 어쩌리, 멀쩡한 바다 앞에/ 고개만 떨구다가// 아직도 화 안 풀려/ 짚었던 몽둥이로// 휘이익 이 악물고/ 바위 한 번 내리치니// 어럽쇼, 멀쩡한 바위/ 그 가슴만 무너진다//"
(「바다를 매질하다」 전문)

시적 화자가 타자가 되어 바다에 대고 지팡이를 휘두르는 그 이유에 대해 말을 하고 있지는 않지만, 그 매질은 말뿐, 외려 그 매질을 당하는 실존 즉 바다인 시적 화자가 외려 내리치는 시적 화자인 시인을 단숨에 품어 안고 마는. 첫 시집『국자로 긁다』에서도 그렇듯 주로 지극히 사변적인 이야기들이 많았던 거로 기억하고 있다. 이렇듯 이번에 낸 시인의 두 번째 시집에는 그 영역을 훌쩍 뛰어넘어, 나의 이야기를 마치 남의 이야기인 듯 치환하는. 시인에게 있어서 이런 장치는 무척 고무적이라 아니할 수 없다.

파편처럼 흩어졌던 내 유년의 기억들이
햇수만 가득 싣고 함몰할 듯 다가설 때
아버지 손을 잡고서 거닐던 섬 떠오릅니다

꾸겨진 파도 소리에 부러운 듯 바라보던
잡힐 듯 바다 건너 지미봉* 옆으로는
지나던 성냥갑 자동차 나를 조롱하듯 하고

여름이면 아이스크림 빈 병으로 바꿔 먹던
그렇게 멀어진 기억 파도처럼 밀려들면
낚싯대 하나 들고서 그리움을 낚아봅니다
―「회상」 전문

길이 끝나는 곳, 그곳이 다시 길이라는 말이 있듯 그 길 끝에서 다시 건져 올린 길, 고향 우도! "우도의 귀뚜리 하나/ 나를 찾아오던 날// 고향 소식 입에 물고/ 파도처럼 달려들어// 이 순간 기웃댄 곳은/ 내 집 현관 앞입니다// 풀어놓은 정겨움은/ 텃밭의 호박꽃 같아// 심장 다 울려대는/ 저 소리에 놀란 가슴// 찡하니 내 콧등으로/ 무적소리 핍니다"// (「귀뚜리 하나」 전문)

바다가 있어 섬이 있는 게 아니라 섬이 있어 바다가 있다는 말이 있다. 한달음에 그 바다 그 섬을 뚫고 온 귀뚜리 한 마리. 배는 곯지 않았는지 다친 곳은 없는지 염려하는 그 마음이 마치 오래 떨어졌다 만난 혈육처럼. 아버지 손을 잡고서 거닐던 섬. 여름이면 아이스크림 빈 병으로 바꿔 먹던. 그렇게 멀어진 섬, 그 섬이 이제 다시 내가 되고 또한 귀뚜리가 되어 부른다, 우리를! 길을!

부르는 것이 어디 詩뿐이랴. 詩이기 전에 글, 글이기 전에 말. '제주에는 소리보다 바람이 빠르다'는 고故 오승철 시인이 그랬던 것처럼 소리보다 빠른 그 바람의 말을 한 편의 제주어로 들어보기로 한다.

　　창문 박권 실려운 ᄇᆞ름 ᄆᆞ섭게 불어대는
　　ᄌᆞ끗듸산듸 어디산듸 웨는 자ᄇᆞ세들 ᄒᆞ곤
　　공쟁이 웨울르는 소리 절ᄀᆞ치 넘실대고

　　오널은 공일에 ᄒᆞᆺ쑬 싯당 저레 나강
　　웨방이나 ᄒᆞᆫ번 갈 때 입을 옷 사야 ᄒᆞᆯ건듸
　　사월이 다 뒛주마는 날이 발라 저슬 ᄀᆞᆮ다

　　ᄇᆞᆯ일 다 ᄆᆞ끈 후제 빈집이 혼차 시난
　　누긔가 왕 불럼신듸 유리창문 훙그는 소리
　　ᄇᆞ름만 저영 불어대멍 내 가심 ᄇᆞ려 놓암셰

　　새옷도 사왔겠다 네일랑 ᄎᆞᆯ령 나상
　　어딜강 ᄒᆞᆯ어멍 쯤 업엉와사 ᄒᆞᆯ거주마는
　　ᄆᆞ심이 ᄭᅳ느랑 ᄒᆞ연 ᄒᆞᆯ아방 티 벗긴 플렸네
　　　　　　　　　　　　　　　─「이녁 혼자 중중ᄒᆞ멍」 전문

　이 작품은 제5부 제주어 시편의 '이녁 혼자 중중ᄒᆞ멍'이다 이를 표준어로 바꾸면 '당신 혼자 중얼거리며'로서 "창문밖엔 차가운 바람/ 무섭게 불어대는// 곁에 인지 어데 인지/ 떠드는 모양들하고는// 귀뚜리 외쳐대는 소리/ 파도 같이 넘실대고// 오늘은 휴일, / 조금 있다 저리 나가// 나들이나 한 번 갈 때/ 입을 옷 사야 할 건데// 사월이 다 됐지만 날씨/ 바로 겨울 같다// 볼일 다 마친 후에/ 빈집에 혼자 있으니// 누가 와서 부르는지/ 유리 창문 흔드는 소리// 바람만 저리 불어대며/ 내 가슴 찢어놓는다// 새 옷도 사왔겠다/ 내일은 차려입고/ 어딜 가서 홀어멍 이라도/ 데려와야 할 거지만// 마음이 너무 약해서/ 홀아비 티 벗긴 틀렸네// (「당신 혼자 중얼거리며」 전문)

떠나기 위해 있는 것이 길이라고 한다면 그런데 차마 그 길을 떠나지 못하는 사람이 있다. 어떻게 해서 혼자 된지에 대해서는 일언반구도 없고. 그렇다고 상처했거나 이혼했다는 말도 없고. 이유야 어떻든 간에 시인은 말 그대로 '홀아방', 혼자 사는 남정네다. 이게 어디 쉬운 일이겠는가. 그러나 어쩌면 시인의 처지에서는 이 시를 두고 볼 때 한편 떠나는 것만이 길이 아니라 그 길 속에 스스로를 유폐시켜 더 나아가 시인 그 자신이 또 다른 하나의 길임을 우리에게 보여주려 했던 것은 아니었는지.

3.

사람보다 먼저 바람이 길을 내는 곳. 그 바람 끝에 별사탕 같은 어둠을 물고 장난인 듯 장난 아닌 듯 소유권 싸움을 벌이는 시인이 있다. 그 길에 갯강구는 필수이고 때로는 개똥벌레까지. 그러다 심심하면 소라게의 저택을 한 번쯤 기웃거려 보기도 하고. 가랑가랑 가랑비가 오는 날은 드리운 그 바다에서 어머니인 듯 고향을 돌려받기도 하고. 토란 잎 물방울같이 빨리도 가는 세월. 행여 거미집이 무너질까 자다가 벌떡 일어나 살펴보기도 하고 날 좋은 날은 제주와 전남 그 사이 '여서도'를 고무줄처럼 제 맘대로 당겼다가 놓았다가 하기도 하고 그러고도 성에 안 차는 날에는 들녘의 소나무 한 그루를 모셔다가 아버지라 불러 보기도 하면서.

짐승도 그 마지막에는 고향 쪽으로 머리를 돌린다고 했던가. 고향 소식 입에 물고 파도처럼 달려드는 귀뚜리, 그 귀뚜리 그것도 혈육이라고 없는 반찬 있는 반찬 다 꺼내어 이것저것 차린 밥상을 내밀기도 하면서 심지어는 책을 읽다 무엇에 꽂혔는지 내리친 시인의 손 그 광경을 보며 이제는 지상 탈출할 날도 머지않았다며 그 특유의 너스레까지…

시가 이와 같으니 사는 것도 이와 같았을 터, 첫 시집 『국자로 긁다』에서도 밝혔듯이 어느 해 신촌마을을 찾아든 그 해, '시보다 시조 쓰라'는 그분, 고故이용상 선생의 그 한 말씀에 그 길로 시조의 길을 걷게 되었다는 시인.

'시조時調', 자유시와는 달리 그 형식에 있어서 일정한 규칙성을 내재한 문학[3]. 시인의 경우 있어서는 그 누구보다도 이 '일정한 규칙성' 즉 형식을 평소 잘 체득했다는 생각이다. 그리고 그 내용에서도 전혀 고답하거나 그렇지가 않다. 성경에 이런 말이 있다. '진리를 알지니 진리가 너희를 자유케 하리라.' 필자는 가끔 이를 시조 창작에 비유해 이렇게 말해 보기도 한다. '형식을 알지니 형식이 너희를 자유케 하리라.' 이는 그만큼 내용면에 있어서 형식이 중요하다는 이야기이기도 하다. 이런 면에 있어서 오시인의 경우에는 시조가 운명이라 할 만하다는 게 나의 생각이다. 그러나 다만, 한 가지 아쉬운 점이 있다면 첫 시집을 비롯한 이번의 두 번째 시집의 면면을 보고 알 수 있듯이, 대부분 수작이었음에도 시적 소재들이 자신을 위시한 가족 그리고 가까운 사물… 이렇듯 주로 사변적인 것들에 대한 내용들이 많았다는 점이다. 비단 이런 경향은 오시인의 경우만이 아니라 처음으로 시를 접하는 시인들에게서 종종 나타나는 현상이기도 하다. 이제 두 번째 시집을 넘어 앞으로 세 번째 시집을 향하여 나아갈 시인이기에 한 가지 욕심을 낸다면, 한발 더 나아가 더 깊고 더 넓은 자기 성찰과 더불어 더 폭넓은 인식에 뿌리를 둔 사회적 현상에 대한 생각을 작품 속에 녹여 내면 어떨까 하는 생각이다. 이는 자유시를 쓰는 시인의 경우에도 그렇지만, 시조를 쓰는 시인의 경

---

3) 이교상, 「현대시조의 형식 연구」, 고려대학교 인문정보대학원 석사 논문, 2007, 30쪽.

우에는 더더욱 요구되는 사안이기 때문이기도 하다. 왜 냐하면 시조時調의 그 시時가 바로 곧 '때 시'이기 때문.

이 여름, 계속된 우기로 자고 나면 화단의 잡초들이 우후죽순이다. 석류풀, 쇠비름, 살갈퀴, 새완두, 괭이밥, 깨풀, 땅빈대…… 각기 이름이 다르듯 저들이 걸어온 길 도 각기 다를 것이다. 이런 말을 들은 적이 있다. '한 평 땅에 최소한 200여 종이 식물, 즉 목숨이 존재한다.' 그 깨알 같은 마음으로 그 깨알 같은 발을 하고는 길이 다 부르트도록 걸어왔을 저들의 여정. 무엇을 위해서 저들 은 저렇듯 걸어온 것일까. 그렇다, 숨이 붙어있는 한 뭔 가는 하나라도 남겨야 하기에 그것이 바로 저들의 실존 의 이유이기에 그래서 오늘도 비록 잡초라는 이름으로 멸시를 넘어 거의 모멸에 가까운 삶을 살면서도 그 길을 놓지 않는 이유가 아닐는지.

기쁘면 기쁜 대로 슬프면 또 슬픈 대로 누가 출석 체크 하는 것도 아닌데 오늘도 또 저 홀로 걷고 또 걷고 있을 시인. 갈매기가 디디면 하늘이 되고 통통배가 노래하면 바다가 되고 시인이 걸으면 시가 되는.

바라건대 당부하고 싶은 말은 부디 글을 쓰는 사람이 라면, 누구나가 공감하는 그 말 '시작은 있으나 끝이 없 는 이 길'을 오래오래 걸어가시길 빌며 필자는 여기서 이 만 그 부름에 답하고자 한다.